Un gran día para la patineta

Kenny Allen

Traducción al español: María Cristina Brusca

LECTURAS DEL BARRIO

Rosen Classroom Books & Materials™

New York

Fui con mis amigos a la pista de patinaje.
—Vengan —les dije—.
¡Vamos a andar en patineta!

—¡Ahora viene una loma pequeña!
—les dije.
Patinamos loma arriba.

—¡Ahora viene una loma grande!
—les dije.
Todos patinamos loma abajo.

—¡Ahora viene una curva! —les dije.
Todos giramos por la curva.

—¡Ahora viene un túnel! —les dije.
Patinamos hacia el túnel.

—¡Ahora viene una vuelta completa!
—les dije.
Patinamos girando por la vuelta.

—¡La patineta es muy divertida!
—les dije—. ¡Vamos a dar otra vuelta!